ResumenExpress.com

La princesa de Cleves

de Madame de Lafayette

GUÍA DE LECTURA

Escrita por Fabienne Gheysens
Traducida por Juan Lopez

La princesa de Cleves

de Madame de Lafayette

Entiende fácilmente la literatura con

ResumenExpress.com

www.ResumenExpress.com

MADAME DE LA FAYETTE

ESCRITOR FRANCÉS

- **Nacido en 1634 en París**
- **Murió en 1693 en la misma ciudad**
- **Algunas de sus obras**:
  - *La princesa de Montpensier* (1662), novela
  - *Zayde* (1669-1671), novela
  - *La princesa de Cleves* (1678), novela

Marie-Magdeleine Pioche de la Vergne, conocida como condesa de la Fayette, nació el 18 de marzo de 1634 y murió de una enfermedad cardíaca el 25 de mayo de 1693 en París. Era hija de un caballero de la nobleza menor que murió en 1649.

Tras la muerte de su marido, la madre de Marie se volvió a casar con un hombre llamado Renaud de Sévigné, tío de la marquesa de Sévigné (mujer de letras francesa, 1626-1696).

Marie Magdeleine entabló amistad con este último, quien la invitó a frecuentar la sociedad cortesana y los salones literarios de la época. Allí conoció a Jean-François Motier, conde de la Fayette, con quien se casó.

Debido a la falta de amor, se acabaron separando y el conde de la Fayette decidió retirarse al campo, dejando a su esposa en París.

En los salones literarios, la condesa conoce a La Rochefoucauld (escritor francés, 1613-1680), con quien entabla una estrecha y duradera amistad. A través de esta relación se sumergió en el mundo de la literatura.

A partir de entonces, Racine (1639-1699), Corneille (1606-1684) y muchos otros se convirtieron en los autores que Marie-Magdeleine leía y escuchaba.

Durante estos años escribe por primera vez dos relatos: *La Princesse de Montpensier* (1662) y *Zaïde* (1670), que ilustran perfectamente los temas literarios de su época.

Con la ayuda de La Rochefoucauld, consiguió darle un aire fresco e innovador a sus obras, recurriendo a un estilo de escritura marcado por la historia y la precisión. Escribió Histoire d'Henriette d'Angleterre, que trataba de las memorias de la princesa británica Henriette (1644-1660) y en 1678 publicó La princesa de Cleves, una obra de un género difícil de definir porque está a medio camino entre la novela histórica y la novela analítica. Fue un gran éxito y forma parte de una nueva escuela literaria. Se considera el primer libro que responde a la concepción moderna de la novela.

LA PRINCESA DE CLEVES

UNA NOVELA SOBRE LA PASIÓN

- **Género:** novela

- **Edición de referencia:** *La Princesse de Clèves*, París, Librairie Générale Française, 1999, 256 p.

- **1re edición:** 1678

- **Temas:** fidelidad, dilema, adulterio, reputación, pasión

La novela, escrita en colaboración con Segrais (poeta francés, 1624-1701) y La Rochefoucauld, se publicó anónimamente en 1678, ya que Mme de La Fayette se negó expresamente a que se le atribuyera, por ser incompatible con su sexo y rango.

En el momento de su publicación, la obra fue objeto de una hábil campaña de prensa en *Le Mercure galant*, lo que contribuyó a un éxito que no le sería negado a lo largo de los siglos, pues muchos la consideran la primera novela psicológica moderna.

La princesa de Cleves narra el conflicto que atormenta a la heroína epónima, debatiéndose entre la lealtad que debe a su marido y la destructiva pasión amorosa que reprime hacia el duque de Nemours.

RESUMEN

PARTE 1

En 1558 apareció en la corte de Enrique II (rey de Francia, 1519-1559) una hermosa joven de 16 años: Mlle de Chartres. Sin padre, la joven dependía de la compañía de su madre, que se encargó de su educación.

Los planes de matrimonio entre varios miembros de la corte fracasan debido a las intrigas. El Príncipe de Cleves le propone matrimonio a Mlle de Chartres. La joven acepta este matrimonio de conveniencia, convirtiéndose así en la princesa de Cleves. Ella y su madre esperan que la ternura y el tiempo hagan florecer el amor conyugal.

En un baile ofrecido por el rey, la princesa conoce al duque de Nemours. Entre ellos nace una pasión desbordante, pero lo mantienen en secreto.

Mientras Mme de Chartres agoniza, su hija le habla de sus sentimientos por Nemours. La madre implora a su hija que abandone esta pasión, que teme que le cause daño. Mme de Clèves decidió entonces retirarse al campo, a Coulommiers.

SEGUNDA PARTE

Allí, Mme de Clèves se entera de la muerte de Mme de Tournon, una mujer a la que admiraba. El Príncipe de Cleves le cuenta una anécdota: uno de sus amigos, M. de Sancerre, llevaba dos años enamorado de Mme de Tournon, y ella le había prometido en secreto casarse con él. Sin embargo, el día de su muerte, M. de Sancerre descubrió unas cartas apasionadas que no iban dirigidas a él; de hecho, Mme de Tournon había hecho la misma promesa a M. d'Estouville.

El príncipe de Cleves sacó una conclusión de esta anécdota: es mejor para una mujer casada confesar una infidelidad que ocultársela a su marido, puesto que este se disgustaría menos que en el caso de enterarse por sorpresa de la infidelidad.

La princesa se quedó reflexionando acerca de las palabras de Cleves.

El príncipe de Cleves convence a su esposa para que le siga a París, pero ella se da cuenta de que aún siente algo por el duque de Nemours. Por su parte, Nemours ha renunciado a sus esperanzas de una corona inglesa por amor a ella. La princesa de Cleves intenta controlar sus emociones y quiere huir de nuevo.

Un día, la princesa se da cuenta de que Nemours le ha robado un retrato, pero por miedo a que la gente descubra la apasionada relación que hay entre ellos, decide no denunciarlo. Nemours interpreta este acto de la princesa como una señal de su amor.

Durante un torneo, el duque corre el riesgo de lesionarse. La mirada preocupada de Mme de Clèves es inequívoca. El Chevalier de Guise, que también está enamorado de la princesa, lo ve y comprende que no tiene ninguna posibilidad de conquistarla; se va a la aventura, lejos de Francia y muere en el extranjero.

Un día, la princesa intercepta una carta de una mujer que circula por la corte y que sugiere que Nemours tiene una aventura. Mme de Clèves siente que los celos aumentan en su interior.

TERCERA PARTE

En realidad, la carta iba dirigida al vidame de Chartres, tío de la princesa y confidente de la reina. Se arriesgaba mucho si le identificaban: su amante se vería comprometido y la reina le reprocharía esta aventura. La vidame encargó entonces al duque de Nemours una misión: hacerse pasar por el destinatario de la carta.

Nemours visita a Mme de Clèves y le demuestra su buena fe. Así disipa los celos de la princesa y recupera la carta. Nemours se lo pasa a la vidame, que se lo devuelve a su amante.

Sin embargo, el Dauphine también reclamó la carta que había causado el problema. Por lo tanto, es necesario copiarlo de memoria. En presencia de M. de Clèves, la princesa y el duque reescriben la carta. Disfrutan de este momento de intimidad. Sin embargo, la imitación es imperfecta y la reina percibe el engaño.

La princesa regresa con su marido y le confiesa su aventura amorosa su marido reacciona con reproches, pero la princesa mantiene en secreto la identidad de su amante.

Nemuors es testigo de esta porque permanecía escondido vigilando a la princesa.

Poco después, el rey pide al príncipe de Cleves que regrese a París. Sola en casa, la princesa se asusta por su confesión, pero se convence de que ha permanecido fiel a su marido.

Nemours está dividido: comprende que esta confesión pone fin a cualquier esperanza de conseguir el favor de la princesa, pero está encantado de amar y ser amado a cambio. No puede contener su deseo de contar la historia a su amiga la vidame. A pesar del discurso evasivo e impreciso del duque, la vidame comprende que se trata efectivamente de su amigo. A través de esta imprudencia, la historia se hace pública. El Príncipe y la Princesa de Cleves se acusan mutuamente de haber revelado su conversación, sin saber que Nemours los había escuchado.

El rey muere durante un torneo.

CUARTA PARTE

La Corte se desplaza a Reims para la coronación del nuevo rey. Mientras tanto la princesa permanece en Coulommiers y Nemours la espía por las ventanas desde el jardín.

Lo que Nemour no sabe es que está siendo vigilado por un espía que ha contratado el príncipe de Cleves, que al enterarse de la identidad del amante de su mujer, se siente terriblemente traicionado y muere de pena.

Aterrorizada, la princesa se niega a volver a ver al duque, pero la vidame consigue finalmente concertar un encuentro secreto entre los dos amantes.

Nemours confiesa que fue él quien hizo la revelación, por este motivo la princesa de Cleves rechaza al duque y se marcha sin que éste pueda retenerla. Se exilia en los Pirineos y toma las órdenes sagradas. Allí mismo muere gravemente enferma tiempo después.

ESTUDIO DE CARACTERES

Mme DE CHARTRES

La madre de la heroína, Mme de Chartres, determina toda la trama. Procedente de provincias, acude a la corte en busca de un marido para su hija. Encarna los valores morales y aristocráticos de décadas anteriores: el respeto del deber conyugal, la importancia de la reputación, etc.

La acompaña su hija, Mlle de Chartres, a quien ha criado en un ambiente estricto y virtuoso. Quiere que destaque entre la multitud de otras mujeres y determina su rumbo, convirtiéndola en la agente de su plan personal.

Persigue sin descanso este objetivo, este programa, esta carga, incluso en su lecho de muerte. Tras escuchar la confesión de su hija sobre sus sentimientos por Nemours, Mme de Chartres no duda en recurrir al chantaje emocional: el amor filial sirve como última defensa contra la pasión. Por ejemplo, durante la despedida final, declara:

"Piensa en lo que le debes a tu marido; piensa en lo que te debes a ti misma, y piensa que vas a perder esta reputación que has adquirido y que tanto he deseado para ti. Ten fuerza y valor, hija mía, retírate del tribunal [...]. Si otras razones que las de la virtud y tu deber pudieran obligarte a hacer lo que deseo, te diría que, si algo fuera capaz de turbar la felicidad que espero al dejar este mundo, sería verte caer como las demás mujeres; pero, si esta desgracia te ocurriera, acojo la muerte con alegría, para no ser testigo de ella [...]. Adiós, hija mía, le dijo, [...] y recuerda, si puedes, todo lo que acabo de decirte". (p. 91-92)

Más allá de la muerte, el honor de la madre depende de la conducta de su hija. La despedida ratifica todo un proceso de culpabilidad. En cierto modo, la madre y la autora se solapan: la madre sella el destino de su hija, del mismo modo que la autora fija el destino de su heroína.

EL PRÍNCIPE DE CLEVES

El marido de la heroína, el príncipe de Cleves, lamenta haber provocado la confesión de su esposa. Consumido por los celos, la acusa de adulterio.

Su muerte recuerda a la del Sr.^me de Chartres. También aquí la muerte sigue a la confesión, y el moribundo declara que la muerte le resulta agradable por lo que sabe. Solemnemente proclama:

> *Moriré -añadió-, pero has de saber que tú me haces agradable la muerte, y que después de haberme quitado la estima y la ternura que te tenía, la vida me aborrecería [...]. Adiós, señora, algún día echará de menos a un hombre que la amó con verdadera y legítima pasión. Sentirás la pena que las personas razonables encuentran en estos compromisos, y conocerás la diferencia entre ser amada como yo te amé, y ser amada por personas que, al mostrarte amor, sólo buscan el honor de seducirte. Pero mi muerte te dejará en libertad -añadió-, y podrás hacer feliz a M. de Nemours, sin que te cueste ningún crimen. ¿Qué importa -continuó- lo que pasará cuando yo ya no esté, y deba tener la debilidad de investigarlo?*

El permiso es sólo aparente. De hecho, casarse con el rival desprestigiaría irreversiblemente a la princesa de Cleves. Con estas palabras, el príncipe reta a su esposa a respetar su memoria. Podemos adivinar que nunca se permitiría ser indigna de su marido.

EL DUQUE DE NEMOURS

Las primeras páginas de la novela incluyen al duque de Nemours entre los hombres más admirables de la corte. En efecto, se le presenta como el más guapo, el más distinguido, etc. Naturalmente, la lógica de la novela querría asociarlo con la más bella y distinguida de las mujeres, es decir, nuestra joven heroína. Pero esta suposición se contradice: se encuentran, pero demasiado tarde, pues la princesa ya tiene marido.

Nemours es ciertamente joven y apuesto, pero entonces descubrimos su verdadera personalidad, disfrazada por las convenciones: el duque se revela como un seductor, oportunista y cínico.

LA VIDAME DE CHARTRES

El tío de la heroína, la vidame de Chartres, es comparado con Nemours desde las primeras páginas. Ambos personifican la corte a través de su gallardía. Es una especie de doble de Nemours, cuyo pasado recuerda y cuyo futuro anuncia.

Tío y confidente de la princesa de Cleves, podría considerarse una especie de sustituto de la figura paterna.

MLLE DE CHARTRES/LA PRINCESA DE CLEVES

La heroína de la novela, la princesa de Cleves, no es la dueña de su vida. Está influenciada por los demás protagonistas: la autoridad de su madre, la sensibilidad de su marido, la seducción de Nemours y la etiqueta de la corte.

La princesa interioriza los preceptos de su madre. Antepone dos virtudes a todas las demás: la sinceridad, que garantiza su misión, y el control que ejerce sobre sus emociones.

Aprovechando estos principios, pretende sobrellevar los defectos que la amenazan. Al mismo tiempo, inconscientemente se pone a sí misma como ejemplo a admirar y emular. Esto da lugar a una cierta forma de orgullo personal, incluso soberbia.

Sin embargo, en algunas situaciones, la sinceridad y el autocontrol entran en profundo conflicto. La princesa prefiere confesar sus defectos por amor propio. Cada vez que siente que su voluntad flaquea, confiesa sus errores. ¿Revelar sus errores la disuadirá de cometer otros? Sin duda lo espera. Cree que está domando sus propios estados de ánimo.

En estas escenificaciones se mezclan el heroísmo femenino y el narcisismo. Pero la princesa asume su fuerza y su indecisión a la vez

Sólo la proximidad de la muerte la aleja de la pasión que la agita. Refugiándose en la religión, consigue preservar el ideal que ha hecho suyo. Al renunciar al mundo, finalmente cumple sus promesas. ¡Pero a qué precio!

CLAVES DE LECTURA

UNA ADVERTENCIA CONTRA LA PASIÓN

Mme de La Fayette considera fatales las pasiones amorosas: detesta los problemas, los celos, las insatisfacciones y las penas que engendran. En comparación, los momentos de felicidad serían demasiado fugaces. En este sentido, el término "pasión" se acerca a su significado etimológico: sufrimiento, dolor.

La autora opone a la pasión desgarradora una visión diferente del amor, influida por la corriente preciosista.

Defiende una forma de simpatía sólida y benévola, un apego sentimental e intelectual, amistoso, incluso platónico. Esta unión, cordial e inquebrantable, tranquiliza el corazón y es fuente de armonía.

Es similar a la ataraxia estoica (la búsqueda de la ausencia de problemas). Se trata de difuminar el ardor de los problemas pasionales para lograr el autocontrol y el equilibrio emocional. La propia Mme de La Fayette experimentó esta forma de vivir el amor, primero con Gilles Ménage (escritor francés, 1613-1692) y luego con La Rochefoucauld.

PRECIOSIDAD

Es un fenómeno literario francés que se originó en el SIGLO XVIII en los salones de sociedad donde se practicaba el arte de la conversación. La preciosidad se caracteriza por una búsqueda de refinamiento, tanto en el análisis psicológico (sobre todo del amor) como en la forma de expresarse (los preciosos rechazan la vulgaridad e intentan distinguirse mediante un lenguaje puro, llegando a comunicarse de forma incomprensible.

En esta historia, la heroína cultiva una visión ideal del amor. Busca un amor sincero y duradero, sin intereses ni ambiciones, capaz de resistir el paso del tiempo. Y también rechaza las relaciones efímeras e impuras.

Pero, curiosamente, la princesa parece ajena al amor de su marido, cuya sensibilidad se acerca a la suyan y poco a poco, se enamora del duque de Nemours. Esta pasión alienante entorpece su inteligencia: no percibe directamente el significado de sus actos, confiesa su infidelidad mientras insiste en mantener en secreto el nombre del hombre al que ama, etc.

Finalmente, la heroína se da cuenta de la indiscreción del duque de Nemours y comprende amargamente su fracaso:

"Me equivoqué al creer que existía un hombre capaz de ocultar lo que halaga su gloria. Sin embargo, es a causa de este hombre, al que creía tan diferente del resto de los hombres, que me encuentro como las demás mujeres, estando tan lejos de ser como ellas. He perdido el corazón y la

Sin embargo, las diversas historias de pasión que tiran de la novela -aunque en modo alguno necesarias para la acción- pretendían advertir a la heroína de los riesgos de estas aventuras: idolatría exagerada, disimulo, locura, etc. Vanas advertencias.

La princesa entiende que la razón por la que el amor se desgasta en el matrimonio es porque cada uno cree que el otro es suyo. También comprende que la pasión sólo dura mientras el amado (Nemours) no está a su alcance.

En resumen, se siente mediocre por haber deseado lo que no podía tener. Sin embargo, a pesar de todo, sólo la enfermedad debilitará sus apasionados sentimientos, hasta la renuncia definitiva:

"Esta larga e inminente visión de la muerte hizo que Mme de Clèves viera las cosas de esta vida con ese ojo que es tan diferente cuando se está en salud [...]. Superó los restos de aquella pasión debilitada por los sentimientos que le había producido su enfermedad; los pensamientos sobre la muerte le habían acercado el recuerdo de Monsieur de Clèves [...]. Finalmente, tras años enteros, el tiempo y la ausencia frenaron su dolor y apagaron su pasión. Mme de Clèves vivió de una manera que no dejaba ninguna apariencia de que pudiera volver jamás; pasaba una parte del año en esta casa religiosa y la otra en su casa, pero en un retiro y en ocupaciones más santas que las de los conventos más austeros; y su vida, que fue más bien corta, dejó ejemplos de virtudes inimitables. (p. 236-239)

CÁMARA LENTA REFLEXIVA

A lo largo del relato, la princesa oscila entre dos posturas:

• la acción mal controlada. Sus gestos, sus palabras, sus rubores o sus silencios dan fe de su pasión desordenada. Da, a su pesar, muestras de sus sentimientos.

- reflexión. Se toma tiempo para reflexionar sobre su propio comportamiento. Sus evaluaciones están alimentadas por el remordimiento. En resumen, un acontecimiento preocupante siempre va seguido de un análisis retrospectivo.

Además, estas dos actitudes corresponden a dos espacios:

- la vida pública, representada por la corte (en París, en Blois) con sus suntuosas ceremonias, sus intrigas y sus engañosas seducciones;

- retiro, evocado por el campo, las habitaciones privadas, etc. Escapar del mundo es necesario para meditar en paz. Siempre que surge la necesidad, la princesa se encierra en soledad.

En esta narración en tercera persona, el autoexamen puede adoptar tres formas:

- la descripción psicológica, que expone lo que pasa por la mente de la heroína;

- el monólogo relatado, en el que el discurso de la princesa a sí misma se presenta en estilo indirecto;

- el monólogo en estilo directo.

Estas secuencias reflexivas a cámara lenta ilustran el esfuerzo de la princesa por ver a través de su confusión. Para escapar del caos de sus movimientos pasionales, intenta desplegar un discurso que reorganice su mente, que la estructure.

No se trata de una mezcla desordenada de impresiones confusas, ni de ideas esquivas, sino de un pensamiento lineal, claro y coherente, iluminado por la razón.

> *"[...] Mme de Clèves se fue a casa y se encerró en su estudio.*
>
> *Es imposible expresar el dolor que sintió al saber, por lo que su madre acababa de contarle, el interés que sentía por el señor de Nemours: aún no se había atrevido a admitirlo ante sí misma. Entonces vio que los sentimientos que sentía por él eran los que tanto le había pedido M. de Clèves; descubrió lo vergonzoso que era tenerlos por otra que por un marido que los merecía. Se sintió herida y avergonzada por el temor de que M. de Nemours quisiera utilizarla como pretexto para Mme la Delfina y este pensamiento la determinó a decirle a Mme de Chartres lo que aún no le había dicho. (p. 88-89)*

Una elección "corneliana

La confesión al duque de Nemours es precisamente una de estas ralentizaciones reflexivas. El dilema entre el deber y la pasión revela el carácter íntimo de la confesión. Este monólogo está marcado por la extensión de la respuesta de Mme de Clèves en comparación con la de Nemours.

Además, se caracteriza por frases largas acompañadas de un gran número de oraciones relativas:

> *"Os he dicho demasiado para ocultaros **que** me lo hicisteis saber y **que** sufrí un dolor tan cruel **la** noche en que la Reina me dio esta carta de Madame de Thémines, **que se** decía iba dirigida a vos, **que** me ha quedado una idea de ella que me hace creer **que** es el mayor de todos los males. (fin de la cuarta parte)*

El uso de estas largas frases pone de relieve la lentitud de pensamiento de la princesa de Cleves. No olvidemos que se ve en la necesidad de elegir entre su deber o su pasión. Esto demuestra que el personaje, mientras habla, está pensando en su decisión final.

Al final, hay muchas fases reflexivas en la novela, prueba de un intenso viaje personal. Esto hace también de *La princesa de Cleves* una novela de aprendizaje, género originario de Alemania en el siglo XVIII, que traza el desarrollo de un héroe.

JUEGOS DE MIRADAS

En la novela, la comunicación entre los individuos es indirecta o muy tardía. Esto explica las diversas formas del verbo "ver" que se encuentran a lo largo de la novela.

Escenas de espionaje y voyeurismo

Las escenas simétricas se desarrollan en lugares fuera de la cancha.

Los protagonistas son observados sin que ellos lo sepan:

- Nemours espía a la princesa desde la ventana de un mercader de seda;

- la princesa encuentra a Nemours dormido en un jardín parisino.

Se contempla a los propios espías:

- uno de los amantes mira el retrato del otro, sin saber que su amante le está observando en secreto también.

- la princesa pilla a Nemours robando un retrato suyo

- Nemours espía a la princesa en Coulommiers y la encuentra angustiada a la vista de un cuadro que ha conseguido. El cuadro representa el asedio de Metz, en el que aparece Nemours.

La opinión del tribunal

En el baile de la corte por el compromiso principesco, el rey ordena a Mme de Clèves que baile con Nemours. Esta orden tiene un significado simbólico: al ver a estas dos personas como una pareja aceptable, el rey avala una unión ilegítima (pp. 71-72).

Además, a través de la etiqueta que impone, la corte obliga a los personajes a representar un papel.

Ser visto como un ejemplo

Finalmente, la princesa asume y supera el sentimiento de culpa y mediocridad que la embarga.

 Recupera su autoestima y, si se encuentra con Nemours por última vez, es porque le pide que informe de su conversación con la vidame de Chartres. De este modo, pretende despertar la admiración de su tío y erigirse como un modelo a imitar.

A partir de ahora, al ofrecerse como icono ejemplar e irreprochable, controla un poco más la mirada de los demás y se libera del papel que el tribunal la empujaba a desempeñar.

Una confesión fuera de la vista del tribunal

La confesión de la princesa al duque de Nemours no tiene lugar bajo la mirada de la corte. De hecho, no es ni en la corte, caracterizada por sus códigos sociales, ni en la casa privada e íntima de Mme de Clèves donde se encuentran, sino en un lugar neutral que no puede influir en su comportamiento.

La confesión de los sentimientos y el anuncio de la partida pueden así revelarse libremente, sin tensiones externas y de manera sincera. Dado que los personajes se encuentran en un lugar fuera de la corte, la princesa destierra todos los códigos de la sociedad para liberarse de su carga: "[...] voy a saltarme toda la moderación y delicadeza que debería tener en una primera conversación". (p. 230)

Así, se toma la libertad de deshacerse de todo lo que podría impedirle mostrar sus sentimientos. A partir de ahora, ya no tiene en cuenta el decoro que condena la confesión de una pasión.

¿ES LA JUBILACIÓN DE LA PRINCESA DE CLEVES UNA FATALIDAD?

Una pasión efímera

Esta confesión también le sirve de argumento social para convencerse de que la única forma de escapar de la situación en la que se encuentra es retirarse del tribunal. Además, la princesa de Cleves teme que los inesperados sentimientos del duque de Nemours se disipen con el tiempo y la vista de otras mujeres: "Pero, ¿conservan los hombres la pasión en estos compromisos eternos? ¿Debo esperar un milagro a mi favor [...]?

Con esta pregunta retórica, la Princesa de Cleves no da alternativa a Nemours. No puede negar estas afirmaciones. Además, el término "milagro" subraya la marginalidad del amor permanente y el destino ineludible de las mujeres casadas.

Este temor a la pasión efímera es el primer argumento que contrarresta la ausencia de obstáculos al amor de la princesa y Nemours. Mme de Clèves es consciente de que, una vez muerto su marido, cualquier obstáculo a su amor no puede ser legítimo ante la sociedad y ante los ojos de Nemours:

> *"Sé que eres libre, que soy libre, y que las cosas son de tal clase que el público no tendría motivo para culparte, ni a mí tampoco, cuando estuviéramos comprometidos juntos para siempre. (fin de la cuarta parte)*

El miedo a la infidelidad también se deriva de la constatación de que el amor es efímero. En efecto, la princesa es consciente de que el duque de Nemours es un hombre encantador que atrae a muchas mujeres: "Nada puede impedirme saber que ha nacido usted con todas las disposiciones para la galantería y todas las cualidades susceptibles de proporcionarle allí un feliz éxito. (fin de la cuarta parte)

En esta sociedad, la fidelidad y el amor constante que desea Mme de Clèves no se encuentran. Así, la máxima que pone fin a la justificación social de la princesa de

Cleves cobra todo su sentido: "Se reprocha a un amante; pero ¿se reprocha a un marido, cuando sólo hay que reprocharle que ya no tiene amor? Esta máxima, marcada por lo impersonal y el tiempo presente, pone de relieve el destino de una mujer casada.

Los celos, componente de la pasión

Toda esta argumentación social se ve reforzada por la inevitable aparición de un sentimiento destructivo, los celos. La princesa teme esta emoción, que le impediría ocultar su pasión.

> *"Tendría un dolor mortal, y ni siquiera estaría seguro de no tener la desgracia de los celos. Te he dicho demasiado para ocultarte que me hiciste consciente de ello y que sufrí un dolor tan cruel [...] que todavía tengo una idea de ello que me hace creer que es el mayor de todos los males. (fin de la cuarta parte)*

Las hipérboles resaltadas demuestran que no soportará que la traicionen. Además, apoyan las razones sociales que hacen imposible su unión. El superlativo describe los celos como un mal superior a cualquier otra aflicción, contra el que nunca se puede luchar.

La expresión hiperbólica expresa así el desajuste entre el mundo de la corte y los valores de la princesa.

"Hay pocos a quienes no complazcas; mi experiencia me llevaría a creer que no hay ninguno a quien no puedas complacer" (final de la cuarta parte). Con esta litota, el narrador atenúa la afirmación para darle más fuerza. El duque de Nemours no pudo resistirse a una nueva pasión similar a la que siente por ella.

Como resultado, el argumento social convence al lector y a la princesa de la necesidad de abandonar la corte y legitima la observación de un amor imposible. La joven defiende así unos valores morales inculcados por su madre que desea preservar.

El deber

Aunque ceda (¿ceda?) a su pasión, aparte de las desafortunadas consecuencias de la unión matrimonial, su deber y su sentimiento de culpa la perseguirán (¿perseguirían?) para siempre:

> *"Cuando pudiera acostumbrarme a este tipo de desgracias, ¿podría acostumbrarme a la desgracia de creer que Monsieur de Cleves te acusará siempre de su muerte; me reprochará haberte amado, haberme casado contigo [...]" (fin de la cuarta parte)*

El uso del condicional hipotético subraya que, aunque pudiera superar los celos y la infidelidad, la fuerza de su deber no le permitiría ir en contra de sus valores y su virtud: "Es imposible -continúa- superar razones tan fuertes: debo permanecer en el estado en que estoy, y en las resoluciones que he tomado de no salir nunca de él." (fin de la 4a parte) Los argumentos sociales y personales justifican la decisión final de Mme de Clèves de retirarse del tribunal.

UN PERSONAJE TRÁGICO

Todo ello demuestra que la heroína puede considerarse perteneciente a la categoría de personajes trágicos.

En primer lugar, el dilema corneliano entre la pasión y el deber es característico de las tragedias clásicas. Esto implica que el amor es imposible. Es cierto que la princesa descubre poco a poco la pasión que siente por el duque de Nemours y se da cuenta de que este sentimiento es insuperable.

No puede, con su voluntad, frustrar su destino: "Mi destino no quería que disfrutara de esta felicidad [...]" (final de la Parte IV) Su pasión no puede ser controlada aunque tenga la voluntad de hacerlo. Mme de Clèves está predestinada a retirarse del mundo en el que sus valores no pueden mantenerse.

En segundo lugar, los campos léxicos confieren al final del libro una dimensión trágica. La infelicidad es esencial para el dinamismo del pasaje y permite al lector intuir el destino del protagonista.

El término "desgracia" se utiliza con frecuencia, así como los términos "dolor" y "sufrimiento", que contribuyen a la fuerza trágica. En la tragedia clásica, el amor y la pasión van unidos. Pero la pasión también está ligada a la infelicidad, y si Mme de Clèves cediera a sus pasiones, sería infeliz.

VÍAS DE REFLEXIÓN

ALGUNAS PREGUNTAS PARA SEGUIR REFLEXIONANDO

- La historia se presenta como un relato histórico de la época de Enrique II. ¿Qué ventajas aporta esto a la novela?

- ¿Por qué el silencio de la princesa de Cleves ante el robo de su retrato revela sus sentimientos hacia el duque de Nemours?

- ¿Qué tienen en común la casa de Coulommiers y el retiro en los Pirineos?

- Si juzgas por las apariencias en este lugar -respondió el Sr.ᵐᵉ de Chartres-, a menudo te engañarás: lo que parece casi nunca es la verdad. (p. 75). Nombra algunos momentos de la trama en los que las apariencias ocultan la realidad.

- ¿De qué manera la anécdota sobre el Sr.ᵐᵉ de Tournon informa la trama principal?

- ¿Qué vínculos pueden establecerse entre la aventura de la vidame descrita en la carta perdida y la de la princesa de Cleves (pp. 129-132)?

- ¿Cuál es la función de la cámara lenta reflexiva?

- ¿Por qué se dice que *La princesa de Cleves* es ante todo "una meditación sobre el amor"?

- ¿Qué diferencias pueden observarse entre el contenido de *La princesa de Cleves* y la visión medieval del amor cortés?

- ¿Qué semejanzas podrían establecerse entre el argumento de *La princesa de Cleves* y el de *La nueva Heloísa* de Rousseau?

- ¿En qué se diferencia nuestra historia de *Madame Bovary*, de Flaubert, y de *El rojo y el negro*, de Stendhal?

PARA IR MÁS LEJOS

EDICIÓN DE REFERENCIA

La Fayette Madame de, *La princesa de Cleves*, París, Librairie Générale Française, 1999.

ESTUDIOS COMPARATIVOS

Beaumarchais J.-P. de y Couty D., *Dictionnaire des grandes œuvres de la littérature française*, París, Larousse-VUEF, 2001, pp. 1014-1018.

Benac H., *Guide des idées littéraires*, París, Hachette, 1988.

Biet C., *La tragédie*, París, Armand Colin, 1997.

Dantzig C., *Dictionnaire égoïste de la littérature française*, París, Grasset, 2005, pp. 823-825.

Duchêne R., «Madame de La Fayette», en Polet J.-C. (ed.), *Patrimoine littéraire européen. Avènement de l'équilibre européen (1616-1720)*, Bruselas, De Boeck, 1996, pp. 731-737.

Niederst A., La Princesse de Clèves: *le roman paradoxal*, París, Librairie Larousse, 1973.

Rousset J., *Formes et significations: essais sur les structures littéraires de Corneille à Claudel*, París, Librairie José Corti, 1982.

¡Su opinión nos interesa!
¡Deje un comentario en la pagina web de su librería en línea,
y comparta sus favoritos en las redes sociales!